KB168376

아침은 생각한다

창비시선 471

아침은 생각한다

초판 1쇄 발행/2022년 2월 25일
초판 6쇄 발행/2023년 9월 20일

지은이/문태준
펴낸이/강일우
책임편집/박지영 박문수
조판/박아경
펴낸곳/(주)창비
등록/1986년 8월 5일 제85호
주소/10881 경기도 파주시 회동길 184
전화/031-955-3333
팩시밀리/영업 031-955-3399 편집 031-955-3400
홈페이지/www.changbi.com
전자우편/lit@changbi.com

ISBN 978-89-364-2471-8 03810

아침은 생각한다

창비

차
례

제1부

제2부

제3부

제4부

제 1 부

꽃

당신은 꽃봉오리 속으로 들어가세요
조심스레 내려가
가만히 앉으세요
그리고
숨을 쉬세요
부드러운 둘레와
밝은 둘레와
입체적 기쁨 속에서

첫 기억

누나의 작은 등에 업혀
빈 마당을 돌고 돌고 있었지

나는 세살이나 되었을까

볕바른 흰 마당과
까무룩 잠이 들었다 깰 때 들었던
버들잎 같은 입에서 흘러나오던
누나의 낮은 노래

아마 서너살 무렵이었을 거야

지나는 결에
내가 나를
처음으로 언뜻 본 때는

음색(音色)

시월에는
물드는 잎사귀마다 음색이 있어요

봄과 여름의 물새는 어디로 갔을까요
빛의 이글루인 보름달은 어디로 갔을까요
뒤섞여 있던 초록들은 누구의 헛간으로 갔을까요

나는 갈대의 흰 얼굴 속에 있었어요
마른 잎에서는 나의 눈을 보았어요

얇고 고요한 물, 꺾인 꽃대, 물에 잠기는 석양
그리고 그 곁엔
간병인인 시월

종소리

해 질 무렵이면 종소리가 옵니다 내 사는 언덕집에 밀려와 곱게 부서집니다 나는 이 종소리를 두고 숨어 살 수가 없어 손 놓고 아무 데나 걸터앉아 있습니다 오늘은 종소리를 듣고 있으니 낮에 보았던 무덤 생각이 났습니다 산속에 혼자 사는 무덤 뫼등에는 잔설이 햇살에 녹고 있었습니다 나는 뫼등으로부터 흰나비떼가 하늘로 날아오르는 것을 보았습니다 그러곤 집에 돌아와 물을 한 컵 마시고 숨을 돌리고 있을 때에 종소리가 왔습니다 종소리는 내 앞에 하얀 바탕을 펼쳐 보입니다 종소리는 수산리(水山里)에서 생겨나 내 사는 장전리(長田里)로 오는 것 같으나 누가 어디에서 당목(撞木)으로 종을 치는지는 알 수가 없습니다 며칠 전에는 종소리가 오는 곳을 찾아 나섰다가 도중에 길머리에서 돌아왔습니다 종소리는 목깃이 까매진 나의 저녁을 씻깁니다 그리고 종소리는 내내 남아 잠든 아이의 방을 둘러보고 가는 어머니처럼 나의 혼곤한 잠 속을 맴돌다 갑니다

아버지와 암소

아버지는 풀짐을 지고 오시네
암소는 풀짐 진 아버지보다 앞서 집으로 돌아오네
아버지는 암소에게 물을 먹이고
아버지는 암소에게 풀을 먹이네
암소의 워낭 소리가 잔잔하게 들려오네
초저녁의 물결 위로 흘러오네
어둑어둑한 아버지의 하늘 속으로 들어가네

아버지의 잠

아버지는 잠이 많아지네
시든 풀 같은 잠을 덮네
아버지는 일만가지의 일을 했지
그래서 많고 많아라, 아버지를 잠들게 하는 것은
누운 아버지는 늙은 오이 같네
아버지는 연고를 바르고 또 잠이 들었네
늙은 아버지는 목침 하나를 덩그러니 놓아두고
잠 속으로 아주 갈지도 몰라
아버지는 세상을 위해 일만가지의 일을 했지
그럼, 그렇고말고!
아버지는 느티나무 그늘이 늙을 때까지 잠잘 만하지

별미(別味)

매일 아침 꾸지뽕나무 밑에 가 꾸지뽕 열매를 주워요

꾸지뽕 열매는 음력 시월이 다 가도록 가지에 붉게 매달려 있어요

오늘 아침에는 두꺼운 외투를 걸치고 나무 밑에 가 꾸지뽕 열매를 주웠어요

이제는 꾸지뽕 열매를 새가 쪼아 먹고 벌레가 갉아 먹어 놓아요

나는 새와 벌레가 쪼아 먹고 갉아 먹고 남긴

꾸지뽕 열매 반쪽을 얻어먹으며 별미를 길게 즐겨요

그녀가 나를 바라보아서

그녀가 나를 바라보아서
백자(白磁)와도 같은 흰빛이 내 마음에 가득 고이네

시야는 미루나무처럼 푸르게, 멀리 열리고
내게도 애초에 리듬이 있었네

내 마음은 봄의 과수원
천둥이 요란한 하늘
달빛 내리는 설원
내 마음에 최초로 생겨난 이 공간이여

그녀가 나를 바라보아서
나는 낙엽처럼 눈을 감고 말았네

수평선

내 가슴은 파도 아래에 잠겨 있고
내 눈은 파도 위에서 당신을 바라보고 있고

당신과 마주 앉은 이 긴 테이블
이처럼 큼직하고 깊고 출렁이는 바다의 내부, 바다의 만리

우리는 서로를 건너편 끝에 앉혀놓고 테이블 위에 많은 것을 올려놓지
주름 잡힌 푸른 치마와 흰 셔츠, 지구본, 항로와 갈매기, 물보라, 차가운 걱정과 부풀려진 돛, 외로운 저녁별을

봄산

쩔렁쩔렁하는 요령을 달고 밭일 나온 암소 같은 앞산 봄산에는
진달래꽃과 새알과 푸른 그네와 산울림이 들어와 사네

밭에서 돌아와 벗어놓은 머릿수건 같은 앞산 봄산에는
쓰러진 비탈과 골짜기와 거무죽죽한 칡넝쿨과 무덤이 다시, 다시 살아나네

봄산은 못 견뎌라
봄산은 못 견뎌라

뿌리

뿌리는 무엇과도 친하다

꽃나무와 풀꽃들의 뿌리가 땅속에서 서로 엉켜 있다

냉이가 봄쑥에게
라일락이 목련나무에게
꽃사과나무가 나에게

햇빛과 구름과 빗방울이 기르는 것은 뿌리의 친화력

바람은 얽히지 않는 뿌리를 고집스레 뽑아버린다

우리는 울고 웃으며 풀지 않겠다는 듯 서로를 옮겨 감았다

돌과 돌 그림자

누군가 옮겨놓은 큰 돌을 매일 바라보았지요 돌에는 그림자가 붙어살았지요 그림자는 얇은 헝겊 조각 같았고 또 어느 날에는 불처럼 일어서려고 했지요 그림자는 매우 느리게 자랐지만 들뜬 기색이 있었지요 그림자는 돌에 살을 대고 누워 있었지요 나는 이따금 장항아리 같은 그림자 속에 들어갔지요

그림자 속에는 잘바당잘바당 떨어진 것들이 괴어 있었지요 돌 그림자 속에는 빗방울의 춤과 풀씨와 배어든 햇살의 윤(潤)과 죽 둘러선 그 안쪽 모양새의 미(美)와 옮겨놓은 이의 마음과 지난밤 달빛이 고이고 고여서 검은 손을 맞잡고 서로서로 무언가 말을 조곤조곤히 나누고 있었지요

가을은 저쪽에

감나무를 우두커니 멀리서 말없이 바라보듯이

빈집 반쯤 무너진 돌담 곁에 섰지만 붉은 감들이 연신 바람을 안고 흔들흔들하듯이
농담에 잇몸을 드러내고 햇살 속에 웃는 듯이

가을 내내 감들이 가을의 가지에 덜렁덜렁 매달려 있었던 것을 한눈팔다 오늘 처음 보게 된 듯이

노동을 끝내고 이제 좀 쉬려는 가을은 저쪽에

산가(山家)

산에 사는 사람의 집에 찾아갔더니
뒷마당에 덩굴뿐이네

산이 한해에 한번 뒷마당까지 굼틀굼틀 내려왔다 간 듯이
뒷마당에 엉클어진 덩굴뿐이네

잎도 꽃도 없는
덩굴뿐이네

산의
촐촐 마른
끝자락

초저녁별 나오시니

오늘은 세상이 날콩처럼 비려서
세상에 나가 말을 다 잃어버려서

돌아와 웅크려 누운 사내는
사다리처럼 훌쭉하게 야윈 사내는

빛을 얇게 덮고 일찍 잠들었네

초저녁별 나오시니
높고 맑은 다락집에서 기침하며 나오시니

물그릇 같은 밤과
절거덩절거덩하는 원광(圓光)

눈보라

들판에서 눈보라를 만나 눈보라를 보내네
시외버스 가듯 가는 눈보라
한편의 이야기 같은 눈보라
이 넓이여, 펼친 넓이여
누군가의 가슴속 같은 넓이여
헝클어진 사람이 가네
그보다 더 고독한 사람이 가네
그보다 더 기다리는 사람이 가네
눈사람이 가네
눈보라 뒤에 눈보라가 가네

항아리

내게는 항아리가 하나 있습니다 그걸 지난봄에 동백나무 아래 놓아두었습니다 항아리는 멀뚱멀뚱 앉아 있습니다 어두워져도 날이 어두워진 줄 모르고 앉아 있습니다 항아리는 제 몸에 물이 넘는 줄도 모르고 앉아 있습니다 그제는 물 괸 항아리의 수면에 살얼음이 얹혀 있었는데 오늘은 날이 풀려 잔잔하게 물결이 흐릅니다 나는 조용하게 일어나는 그 맑은 물결 같은 말씀을 기다려 항아리 옆에 앉아 있습니다 어느 날 아침에는 산까치 한마리가 항아리에 앉아 있다 수면 아래로 들어가는 것을 보았습니다 더 전날에는 가랑잎의 말들이 들어가는 것을 보았습니다 훨씬 전날에는 일어난 구름, 사랑, 실바람과 풍설(風說), 질긴 장마, 무서리, 그리고 동백꽃이 수면 아래로 들어가는 것을 보았습니다 동네 사람이 내 집에 찾아와서는 항아리 속이 궁금해 들여다보다 그만 수면 아래로 얼굴이 아주 들어가고 만 일도 있었습니다 항아리는 제 몸속으로 들어간 이들의 명부(名簿)를 갖고 있지만 그마저도 가라앉혀놓았으니 그 이름들을 다 알 수는 없습니다 나는 오늘 항아리 옆에 앉아 항아리처럼 입을 벌리고 하늘을 우러러 아, 아, 탄복하는 소리도 내고 내 갑갑한 속을 떠올려 응아응아, 우는 소리도 냅니다 그래도 항아리

는 한 말씀도 없으시니 나를 항아리에 쏟아붓습니다만, 늘
그러하듯 제 몸에 물이 넘는 줄도 모르고 앉아만 있습니다

겨울 엽서

오늘은 자작나무 흰 껍질에 내리는 은빛 달빛
오늘은 물고기의 눈 같고 차가운 별
오늘은 산등성이를 덮은 하얀 적설(積雪)
그러나 눈빛은 사라지지 않아
너의 언덕에는 풀씨 같은 눈을 살며시 뜨는 나

눈길

혹한이 와서 오늘은 큰 산도 앓는 소리를 냅니다
털모자를 쓰고 눈 덮인 산속으로 들어갔습니다
피난하듯 내려오는 고라니 한마리를 우연히 만났습니다
고라니의 순정한 눈빛과 내 눈길이 마주쳤습니다
추운 한 생명이 추운 한 생명을
서로 가만히 고요한 쪽으로 놓아주었습니다

설백(雪白)

흰 종이에
까만 글자로 시를 적어놓고
날마다 다시
머리를 숙여 내려다본다

햇살은 이 까만 글자들을
빛의 끌로 파 갈 것이니

내일에는
설백만이 남기를

어느 때라도
시는
잠시
푸설푸설 내리던
눈 같았으면

제 2 부

낙화

꽃이라는 글자가 깨어져나간다
물 위로
시간 위로
바람에
흩어지면서

꽃이라는 글자가 내려앉는다
물 아래로
계절 아래로
비단잉어가 헤엄치는 큰 연못 속으로

진인탄 초원에서

늙지 않는 말을 탈 수는 없어요
이 초원이 아주 다 사라지기 전에는

늙지 않는 말을 함께 탄대도
초원의 풀꽃이 지지 않는 것을 볼 수는 없어요

낮과 밤

붉은 불을 입으로 불어서 끈다
그때그때에 시간은

꽃을 모두 떨어뜨리듯이
편월(片月)을 더 깎듯이

아침은 생각한다

아침은 매일매일 생각한다
난바다에서 돌아오지 않은 어선은 없는지를
조각달이 물러가기를 충분히 기다렸는지를
시간의 기관사 일을 잠시 내려놓고 아침은 생각한다
밤새 뒤척이며 잠 못 이룬 사람의 깊은 골짜기를
삽을 메고 농로로 나서는 사람의 어둑어둑한 새벽길을
함지를 머리에 이고 시장으로 가는 행상의 어머니를
그리고 아침은 모스크 같은 햇살을 펼치며 말한다
어림도 없지요, 일으켜줘요!
밤의 적막과 그 이야기를 다 듣지 못한 것은 아닐까를 묻고
밤을 위한 기도를 너무 짧게 끝낸 것은 아닐까를 반성하지만
아침은 매일매일 말한다
세상에, 놀라워라!
광부처럼 밤의 갱도로부터 걸어나오는 아침은 다시 말한다
마음을 돌려요, 개관(開館)을 축하해요!

새와 한그루 탱자나무가 있는 집

오래된 탱자나무가 내 앞에 있네

탱자나무에는 수많은 가시가 솟아 있네

오늘은 작은 새가 탱자나무에 앉네

푸른 가시를 피해서 앉네

뾰족하게 돋친 가시 위로 하늘이 내려앉듯이

새는 내게 암송할 수 있는 노래를 들려주네

그 노래는 가시가 어디에 있느냐고 묻는 듯하네

새는 능인(能仁)이 아닌가

새와 가시가 솟은 탱자나무는 한덩어리가 아닌가

새는 아직도 노래를 끝내지 않고 옮겨 앉네

나는 새와 한그루 탱자나무가 있는 집에 사네

봄비

봄비 온다
공손한 말씨의 봄비 온다

먼 산등성이에
상수리나무 잎새에

송홧가루 날려 내리듯 봄비 온다

네 마음에 맴도는 봄비 온다

머윗잎에
마늘밭에
일하고 오는 소의 곧은 등 위에

봄비 온다
어진 마음의 봄비 온다

볼륨

꽝꽝 언 골짜기에 매가 꿩을 때리러 날았는지
벼락 치는 고음이 하늘의 정수리까지 솟아오르네
희고 매끈한 낮달의 그 안쪽 얼음도 깨질 듯하네

제비 1

제비를 뒤쫓아 날아가리 광평빌라 제일 아래층 모서리에 지은 제비집으로 날아가리 콘크리트 벽 모서리에 지은 당신의 집으로 날아가리 당신의 진흙집으로 날아가리 달무리 같은 집으로 날아가리 날아가 엄마, 하고 불러보리 둥지에서 부리를 족족 벌리고 먹이를 기다리던 딸 넷과 아들 하나를 기른 내 엄마

제비 2

제비 가족을 보러 광평빌라에 갔다 제비집에 제비들이 없었다 내부가 대낮처럼 텅 비었다 사랑의 둘레만 남아 있었다 그러나 이 세계 곳곳은 진흙을 쌓아 지은 제비집 아닌가 우리에게 사랑이 없다면야 제비집에 어떻게 오목하게 환하게 상공(上空)이 담기겠는가 제비집을 떠나 제비들은 흰 빛과 치렁치렁한 빗속과 엉긴 안개와 무너지는 노을 아래를 날아가고 있을 것이다 제비야, 내 언젠가 맑은 물과 꿈 위에 띄워놓은 꽃 같은 제비야

지금은 어떤 음악 속에

오늘은 밝고 고요한 흰 빛이 내리시니
화분에 물을 부어주고
멀리 가 있는 딸의 빈방을 들여다본다
일곱살 딸이 작은 방에서
피아노 건반을 누르고 있다
그래, 지금은 어떤 음악 속에 있다
뒷숲에는 잎들이 지고
거실에는 어제의 식구들이 수런거리고
탁자 위 돌, 조개껍질, 인형은 눈을 감고
나는 씌어지지 않은 백지를,
백지의 빛을 책상 위에 가만히 펼친다
문장이 백지 위에 어리고 움직인다
희미하고 물렁물렁한 감정을 갖고서
내 옆에는 한 컵의 투명한 물이 있고
그 옆에는 허물어진 그림자가 있고
노랗게 익은 모과는 향기를 풀어내고
때때로 떨어진 잎들의 흐느낌이 들려온다
누군가 문밖에서 나를 불러
흰 빛 속에 잠시 나를 들어올린다

감자

온다던 사람이 오지 않았다 사람들의 말로는 많은 비가 온대서 서둘러 감자를 캐러 갔다고 했다 서운했지만 이내 그이의 비탈밭과 그이가 이랑에서 캐 담을 감자 생각이 났다 아가 주먹만 한, 알알의 감자 생각이 났다 감자 굵어진 곳은 흙의 절이요 성당 아닌가 그 흙과 그이의 땀과 기도 아닌가 그이는 저만치 비탈밭에 있지만 마치 감자를 한솥 막 쪄 내 올 듯도 했다 그러고 보면 이 무더운 여름날도 한겹의 껍질 그 속에 뽀얗게 분이 꽉 차오르는 한알의 감자와 다름이 없을 것이었다

하품

사람들 앞에서 시에 대해 몇 마디를 하느라고 진땀을 빼고 있었다 여름날 오후였다 듣고 있던 한 사람이 하품을 늘어지게 했다 나른한 고요를 다 싸서 담을 큰 하품 소리였다 입을 쩍 벌린 그 하품 소리는 한마리 황소 같았다 사람들이 일제히 한숨을 내쉬었지만 나는 그이의 그 크고 넓은 하품 소리가 좋았다 그 하품의 호박잎 그늘이 배부르게 좋았다

밥값

허름한 식당에서 국밥을 한술 막 뜨고 있을 때 그이가 들어섰다
나는 그이를 단번에 알아보았다
수레에 빈 병과 폐지 등속을 싣고 절룩거리며 오는 그이를
늦은 밤 좁은 골목에서 마주친 적이 있었다
그이는 식당 한편 벽에 걸린 달력의 28일을 오른손으로 연거푸 짚어 보였다
무슨 말인가를 크게 했으나 나는 도통 알아들을 수가 없었다
식당의 여주인은 조금도 언짢아하는 기색이 없이 고개를 끄덕였고
짧은 시간 후에 그이의 앞에 따뜻한 밥상이 왔다

가을비 속에

오늘 낮에는 세계가 잘 익은 빛의 금란가사를 입고 있더니 밤에는 검은 비옷을 입고 있네

나는 생활하다가 나와서 돌구멍 같은 눈을 뜨고 밤새 빗소리 듣네

들고양이에게도 사람에게도 긴 비의 울음

떨어지는 빗방울 속에 생활이 젖네

그때에 나는

아가를 안으면 내 앞가슴에서 방울 소리가 났다 밭에 가 자두나무 아래에 홀로 서면 한알의 잘 익은 자두가 되었다 마을로 돌아가려 언덕을 넘을 때에는 구르는 바퀴가 되었다 폭풍은 지나가며 하늘의 목소리를 들려주었다 너의 무거운 근심으로 나는 네가 되었다 어머니의 말씀을 듣는 조용한 저녁에는 나는 또 누군가의 어머니가 되었다

낮달을 볼 때마다

가난한 식구 밥 해 먹는 솥에
빈 솥에
아무도 없는 대낮에
큰어머니가
빈 솥 한복판에
가만하게
내려놓고 간
한대접의 밥

첫눈

오늘 밤에
정말이지, 앞이 캄캄한 밤에
첫눈이 찾아왔지
하늘에 모공(毛孔)이 있나 싶었지
실처럼
가느다란 빛처럼
흰 목소리
땅속에 파뿌리 내려가듯
내려오는 거였어
예전에 온 듯도 한데
누구이실까
손바닥에
손바닥에 가만히 앉히니
내 피에
뜨거운 내 피에 녹아
녹아서 사라진
얼굴

눈사람 속으로

눈이 소복하게 내려 세상이 흰 눈사람 속에 있는 것만 같네 껍질이 뽀얀 새알 속에 있는 것만 같네 맑은 눈의 아이 속에 살게 된 것 같네 나는 눈 위에 시를 적고 그것을 뭉쳐 허공에 던져보네 또 밤에 하얗게 세워둘 요량으로 눈덩이를 점점 크게 굴려 눈사람을 만드네 눈덩이가 커질수록 나는 눈사람 속으로 굴러 들어가네

제 3 부

꽃과 식탁

내게 꽃은 생몰연도가 없네
옛 봄에서 새봄으로 이어질 뿐

꽃아
너와 살자

우리의 가난이 마주 앉은 이 저녁의 낡은 식탁 위
꽃은 신(神)의 영원한 눈빛으로 우리를 바라보네

백사(白沙)를 볼 때마다

외로워
외로워
백사처럼 외로워
파도도 흩뜨리지 못하는
무너뜨리지 못하는
해수면 위의 백사처럼 외로워
말해줘,
우리의 유숙(留宿)을
사랑의 유숙을!
외로워
지난날에는
밀려오는 파도
또 오늘에는
너의 모래사장

이별

나목(裸木)의 가지에 얹혀 있는 새의 빈 둥지를 본 지 여러 철이 지났어요

아무 말도 없이 가신, 내게 지어놓은 그이의 영혼 같은 그것을 새잎이며 신록이며 그늘이며 낙엽이 덮는 것을 보았어요

그게 무슨 소용이에요, 예전의 그이를 흙으로 거짓으로 다시 덮는 일에 지나지 않을 뿐

나는 눈보라가 치는 꿈속을 뛰쳐나와 새의 빈 둥지를 우러러 밤처럼 울었어요

봄

휘어진 수양버들 가지에
봄빛은
새는
노래하네

간지럽게
뿌리도
연못의 눈꺼풀도
간지럽게

수양버들은
버들잎에서 눈 뜨네
몸이 간지러워
끝마다
살짝살짝 눈 뜨네

수련이 피는 작은 연못에 오면

풀벌레 소리가 내려앉는
둥근 물가

물의 얼굴
온화한
말의 꽃

수줍어하며
수련이 피는 작은 연못에 오면

돌밭에 집을 짓고 사는 나여,

나도 오늘은 나의 수면(水面)을 넘기네
너를 생각하네

여름 소낙비 그치시고

캄캄한 돌 속에서 푸른 이끼 돋아나시네
환해진 하늘 쪽에서 흰나비 날아오시네

앞집 할머니는 무화과나무 아래 쪼그려 풀을 뽑으시고
젖은 풀들 속에서 풀벌레 우는 소리 젖지 않은 채 떨리며 나오시네

방울벌레가 우는 저녁에

풀꽃과 바람과 여름의 둥근 잎에 오롱조롱 매달린 빗방울과 갠 하늘

미농지 같은 저녁에

방울벌레 우는 소리

(아, 그게 다 뭐라고!)

세상에서 가장 어수룩해 보이는 그 사람은

방울벌레 울음을 공중에서 몰래 떠

천으로 짜 지은 주머니에 넣어서 가네

미련스럽게

지난여름 낮에 풀을 뽑고 있는 내게 지나가던 그 사람이 말했네

—그걸 언제 다 뽑겠다고 앉아 있어요? 미련스럽게. 풀 못 이겨요.

그리고 가을이 물러서는 오늘 낮에 풀을 뽑는 내게 그 사람은 말했네

—그걸 왜 뽑고 있어요? 미련스럽게. 곧 말라 죽을 풀인데.

조용히 움직였지만 실은 발랄한 풀과 오늘에는 시름시름 앓는 풀이 그 말을 나와 함께 들었네

잠시 손을 놓고 서로 어찌할 바를 몰라서. 미련스럽게.

선래(善來)

반딧불이에게

먼 데 사는 사람이 찾아온 듯이

잘 왔구나,

풀섶에서 하나둘 잃어버린
짧은 동요여

오늘 밤에는
달셋방 여인숙의 손(客) 같은
그러나
풍요로운 빛과 영혼아

새야

새야, 새로운 아침의 열쇠공인 새야
나도 좀 열어놓아줘
더 붉고 달콤한, 가을의 마지막 열매를 따러 가기 전에
오늘을 높게 기뻐하는 새야

나의 지붕

지난밤에
동산에 가서 솔방울을 줍는 꿈을 꾸었네

어릴 적 동산은 아직 나의 지붕이지

밤하늘에 뽈록거리던 별들은 내 어릴 적 동산의 지붕이지

점점 커지는 기쁨을 아느냐

엄마가 물러앉아 팔을 가을 하늘만큼 벌리니 아이가 뛰어온다
태초의 몰랑몰랑함이 웃으며 자꾸 떠오르듯 뛰어온다

너는 점점 커지는 기쁨을 아느냐

수초를 닮은 어린 물고기가 더 깊은 수심(水潯)을 찾아가듯이
어린 새가 허공의 세계를 넓혀가듯이
코스모스가 오솔길을 저 멀리 따라가듯이

봄소식

푸릇푸릇 처음 돋은 수선화 싹을
닭이 부리로 콕콕 쪼고 쑤석쑤석하네

어머니는 작대기로 무른 땅을 두드리며
닭을 수선화의 바깥으로 쫓아내네

닭은 놀라 사납게 푸덕푸덕 날개를 치네

닭의 바깥에서 뾰조록이 더 올라오는 어린 봄

상춘(賞春)

막 꽃 피우려는 덤불에
새들이 몰려들었네
마음의 꽃망울을 터뜨리려고
오고 또 와서
노래를 나누고 웃네
서른세개씩의 꽃을
곧 갖게 될 거라고
서로를
축하하면서

오롬이 1

여름에 우리 집에 온
강아지 오롬이는
날로 똑똑해져요
마른 나뭇잎같이
가벼운
내 발소리에
집에서 자다가도 나와요
캄캄한 하늘에 달님 오시듯이
가을밤에
흰 털의 오롬이는
몸을 털며
내가 반가워
나한테 와요

오롬이 2

땅이 해를 받으면
오롬이도 땅바닥을 뒹굴며
해를 받아요
등을 대고 접시처럼 누워
토실토실한 배 위에
해를 받아요
나는 작고 따뜻한 손바닥을
오롬이의 배에 대고
쓰다듬고 문질러요
오롬이는
내 손바닥의 햇살도 좋아해요

동화(童畵)

한 아이가 해가 떨어지는 줄도 모르고 흙장난을 하고 있었다
한 아이는 작은 손으로 흙을 파내면서 땅 아래로 내려가고 있었다
한 아이는 땅속에 숨겨놓은 캐스터네츠를 꺼내고 있었다
한 아이는 동그랗게 언덕을 쌓고 있었다
한 아이는 사과 한알을 손에 따 들며 웃고 있었다
한 아이는 연못을 오목하게 파고 있었다
한 아이는 노란 민들레에게 물을 주고 있었다
한 아이는 두더지를 따라 비옥한 꿈속으로 들어가고 있었다

오월

상수리나무 새잎이 산의 실내(室內)에 가득했다

나무 꼭대기까지 올라간 오월과 소년과 바람이 있었다

왜가리가 무논에 흰 빛으로 사뿐히 내려앉았다

파밭에는 매운맛이 새살처럼 돋았다

제 4 부

삼월

얼음덩어리는 물이 되어가네
아주아주 엷아지네

잔물결에서 하모니카 소리가 나네

그리고
너의
각막인 풀잎 위로
봄은
청개구리처럼 뛰어오르네

새와 물결

새는 물결을 잘 아네

새는 물결 위에 앉네

물결을 노래하네

오늘은 세개의 물결을 노래하네

물결은 하얗게 흔들리네

바람이 지나가는 아카시아꽃처럼

너에게

나는 보슬비를 맞고 씨앗을 심고
또 접시처럼 하얀 햇살을 받고 있으면
너의 목소리가 내 검은 나뭇가지에 새잎처럼 돋아나네

바람과 나무

바람이 있을 때에 키 큰 나무가 기둥째 기우는 것을 며칠
마음 놓고 본다

어제는 왼편으로, 오늘은 바른쪽으로 나무는 느긋하게,
시간을 두고서, 그러나 바람에 따라 부드럽게 기운다

외투를 벗어 옷걸이에 걸어놓을 적에도,
비스듬히 기운 나무는 서두름이 없이 천천히 바람을 벗고
제 자세로 돌아간다

늦가을비

늦가을비가 종일 오락가락한다

잔걱정하듯 내리는 비

씨앗이 한톨씩 떨어지는 소리가 난다

나의 흉상

나는 점토로 나의 흉상을 빚었네

여럿의 얼굴을 가슴속에 묻었네
밤하늘도, 꽃 핀 살구나무도

밤엔 물을 가득 담고, 낮엔 물을 쏟아냈네

반달과 집, 적막, 명주실 같은 빛, 감꽃과 까치, 저녁종, 달무리와 꿈
그리고 어머니가 살았네, 어머니가 살았네

나는 점토로 나의 흉상을 빚었네

뒤뜰 풍죽(風竹) 사이에 흉상을 놓아두었네

유월

사슴의 귀가 앞뒤로 한번 움직이듯이
오동나무 잎사귀가 흔들렸다

내 눈 속에서
푸르고 넓적한 손바닥 같은
작은 언덕에 올라선 시간은

여름산

내 앞에 녹음
등 뒤에 녹음
가도 가도 녹음의 눈빛
녹음의 지저귐
녹음 위를 기는 또 한 넌출의 녹음
나도 한 넌출의 녹음
여름산 속 잎사귀
흔들리는 잎사귀
가고 가다
녹음이 무서우면
녹음 속에서
까악까악
산까마귀처럼
혼자
녹음 속에서
뒤집히는
혼(魂)
불안한 잎사귀

여음(餘音)

가을은 떠나면서 산열매 있던 빈 가지를 본다

당신도 나도 지난 계절에는 잘 여문 열매였으나

오늘 우리는 삶의 계곡에서 듣는다
가을이 실뿌리같이 말라가며 어둠 속에 남기는 끝말을

하나의 메아리가 산바람을 안고서 서서히 다 흩어지는 것을

마지막 비

이 새벽에 내리는 비가 올해 마지막 비가 되겠지
얘기 좀 더 해봐요, 비여, 얘기 좀 더 해봐요, 저음(低音)의 비여,
비는 하귤나무에 은목서에 양하 마른 잎에 층계를 오르내리며 내리고
일어나려는 세계를 잠 속으로 나른하게 더 갈앉히네
이 비 그치면 소식이 오지 않을 사람을 기다리며 나는 홀로 새벽을 맞겠지
먼 데 있는 사람아, 사람아,
간혹 눈은 내려 쌓여 나의 고립과 검은 땅과 불 꺼진 뿌리와 내 푸른 기억을 덮겠지

겨울밤

저 싸락눈 소리를 내 높은 다락에 두었으면

저 싸락눈 소리를 방울 소리로 흔들었으면

저 싸락눈 소리를 너의 문을 두드리는 소리로 삼았으면

저 싸락눈들을 내 어머니의 내일 아침 그릇에 담았으면

어부의 집

돌담 사이로 바다가 보이네
소라고둥의 집을 짓고 사는 이여
바다는 앞마당에 와서
아무 말 없이
둘러만 보고
다시 돌아가네
어부의 집은 고깃배처럼
미끄러지네
좀더 기우네

발자국

바닷가 모래사장에 갈매기의 작고 가는 발자국이 찍혀 있다

바다를 향해 또렷하게 섰고, 또 바다 쪽으로 총총히 나가는 그 발자국을

먼 바다 가까운 바다의 파도 소리가 밀려와 큰 손바닥으로 흩뜨리고 지운다

대양 1

어선들은 어망과 태양의 선원들을 싣고 나아간다
뱃고동을 앞쪽에 울리며
비좁은 항구를 빠져나와 각각의 바다로
여럿의 방향으로
노루의 귀 같은 남쪽 먼 섬으로
어머니에게서 좀더 가까운 근해로
삶의 전투기처럼 흩어지면서

대양 2

시작도 끝도 없는 이 바다의 한가운데
물의 황무지, 물의 돛, 물의 언덕, 물의 화원, 물의 산곡(山谷)
나와 당신이라는 해무(海霧)
저 세계와 이 세계
다시 태어날 세계
극(極)이 없는
물너울

요람

어미 토끼가 금방이라도 새끼를 낳으려던 참이었다
몸에 난 고운 털을 소복이 뽑아 새끼 낳을 자리를 둥우리처럼 만들어놓은 것을 보았다
들과 뒷산에 가 토끼에게 먹일 씀바귀와 칡잎을 해 오던 내 열살 무렵의 일이었다
놀란 눈으로 본 가장 아름다운 요람이었다

감문요양원

꽃잎이 흩날리는 대낮에
노인이 환한 쪽을 바라본다

휠체어에 앉아
송홧가루 날리고 산비둘기 우는
앞산의
볼록한 봄까지
먼 눈길

새봄

어린 고양이가 처음으로 담을 넘보듯이
지난해에 심은 구근(球根)에서 연한 싹이 부드러운 흙을 뚫고 올라오네

장문(長文)의 밤
한 페이지에 켜둔
작은 촛불

| 해설 |

발자국을 따라 연결된 세계로

이경수

1

문태준의 시는 서정시의 정수를 보여준다. 이번 시집도 그런 점에서 기대를 저버리지 않는다. 언어를 고르고 골라 빚어낸 한편 한편의 시를 읽다보면 '공들임의 언어'를 넘어 '공들임의 마음'을 가만히 들여다보게 된다. 시인의 마음이자 우리가 잊고 있던 오래전의 마음을. 시인은 희미한 발자국을 따라 천천히 우리를 잊힌 기억 속으로 이끈다. 문태준의 시를 제대로 읽기 위해서는 느린 여백의 시간이 필요하다. 그의 시는 쓸데없이 분주한 일상을 살아가는 우리를 잠시 멈춰 세운다. 무엇을 위해 이렇게 기를 쓰고 살아가나, 잠시 멈춰 서 어딘가 먼 곳을 바라보며 기억을 반추하게 한다. 문태준의 여덟번째 시집 『아침은 생각한다』는 그렇게 지나

온 흔적을 보여준다.

> 누나의 작은 등에 업혀
> 빈 마당을 돌고 돌고 있었지
>
> 나는 세살이나 되었을까
>
> 볕바른 흰 마당과
> 까무룩 잠이 들었다 깰 때 들었던
> 버들잎 같은 입에서 흘러나오던
> 누나의 낮은 노래
>
> 아마 서너살 무렵이었을 거야
>
> 지나는 결에
> 내가 나를
> 처음으로 언뜻 본 때는

—「첫 기억」 전문

"볕바른 흰 마당"이 있고 "까무룩 잠이 들었다 깰 때 들었던/버들잎 같은 입에서 흘러나오던/누나의 낮은 노래"가 들리던 시절로 우리를 되돌린 시인은 그때가 바로 "지나는 결에/내가 나를/처음으로 언뜻 본 때"였음을 낮은 목소리로 고백한다. 문태준 시의 원천을 들여다보는 순간이다. "빈 마당을 돌고 돌"면서 불렀던 "누나의 낮은 노래"가 자신을 시로 이끌었음을, 그때 자신도 모르게 시인으로서의 미래를 스치듯 마주했음을 떠올린 것이다. 이번 시집에 모습을 드러내는 유년의 기억은 그렇게 시의 주체가 처음 기억하는 노래를 들려준다. 문태준의 시가 가만히 이끄는 대로 기억의 발자국을 따라가다보면 시인의 유년을 통해 잊힌 우리의 유년과 마주하게 되기도 하고, 문태준 시의 원천이 어디에서 온 것인지 그 비밀을 잠시 엿보게도 된다. 시인의 첫 기억이 "누나의 낮은 노래"였듯이 우리에게도 저마다 첫 기억의 장면이 남아 있을 것이다. 그 흔적과 마주하게 하는 데 문태준 시의 힘이 있다.

이번 시집에서는 유독 아버지가 등장하는 시가 눈에 띈다. 시인이 어느덧 나이가 들어 장성한 자식을 둔 아버지의 자리에서 지난날의 자신을 돌아보게 되었기 때문이겠다. '아버지-되기'의 경험은 아버지를 추억하거나 바라보는 시선에 자연스럽게 변화를 가져온다. "시든 풀 같은 잠을 덮"고 누운 아버지를 바라보며 "누운 아버지는 늙은 오이 같"다고 말할 때, 시의 주체는 "세상을 위해 일만가지의 일"을 한 아버지를 향해 연민과 존중의 마음을 드러내는 한편 "잠이 많아"진 "늙은 아버지"가 "목침 하나를 덩그러니 놓아두고/잠 속으로 아주 갈지도" 모른다는 불안감을 느낀다. 그리고 "그럼, 그렇고말고!"라는 추임새로 "세상을 위해 일만

가지의 일"을 한 아버지의 생의 의미를 강조하면서 "아버지는 느티나무 그늘이 늙을 때까지 잠잘 만하"(「아버지의 잠」)다고 애써 스스로를 납득시킨다. 아버지의 일생에 대한 이해에 비로소 도달한 것이기도 하겠고, 어느새 아버지의 자리에 선 자신의 삶을 위로하는 마음이기도 하겠다.

2

문태준 시의 원천을 발견하는 즐거움과 함께 이번 시집에서 눈에 띄는 것은 자연과 하나 되는 모습이다. 자연과 더불어 자란 유년의 체험이 고스란히 녹아 있어 동물과 식물과 산과 바다 같은 자연과 한데 어울려 있거나 서로 동화되는 모습이 자주 등장한다. 문태준 시의 세계는 위계가 있는 세계가 아니라 나란히 함께 있는 연대의 세계이다. "아버지는 풀짐을 지고 오시"고 "암소는 풀짐 진 아버지보다 앞서 집으로 돌아오"는 유년의 풍경이 문태준 시의 원초적 풍경을 형성한 이유이겠다. 문태준의 시에서는 "아버지는 암소에게 물을 먹이고" "풀을 먹이"고, "암소의 워낭 소리가 잔잔하게 들려오"고, 그 워낭 소리를 따라 아버지와 암소가 "어둑어둑한 아버지의 하늘 속으로 들어가"(「아버지와 암소」)는 풍경이 아름답게 펼쳐진다.

자연물과 사람이 나란히 놓이는 이런 세계는 백석의 시에서 발견되던 특징이기도 했다. 문태준의 시에는 땅의 소중함을 아는 농경 사회의 바탕이 드리워져 있다. "온다던 사람이 오지 않"아 "서운했지만" 그 약속보다는 "많은 비가 온대서 서둘러 감자를 캐러" 가는 일이 더 중요함을 문태준 시의 주체는 이내 이해한다. "감자 굵어진 곳은 흙의 절이요 성당"임을 아는 주체는 감자 한알에서 "그 흙과 그이의 땀과 기도"를 볼 줄 안다. 공들임의 가치, 흙에서 생명을 일구는 일의 가치를 누구보다 잘 아는 시의 주체에게는 "뽀얗게 분이 꽉 차오르는 한알의 감자"와 "이 무더운 여름날"(「감자」)이 다르지 않다.

매일 아침 꾸지뽕나무 밑에 가 꾸지뽕 열매를 주워요

꾸지뽕 열매는 음력 시월이 다 가도록 가지에 붉게 매달려 있어요

오늘 아침에는 두꺼운 외투를 걸치고 나무 밑에 가 꾸지뽕 열매를 주웠어요

이제는 꾸지뽕 열매를 새가 쪼아 먹고 벌레가 갉아 먹어놓아요

나는 새와 벌레가 쪼아 먹고 갉아 먹고 남긴

꾸지뽕 열매 반쪽을 얻어먹으며 별미를 길게 즐겨요

—「별미(別味)」 전문

시의 주체는 "매일 아침 꾸지뽕나무 밑에 가" 꾸지뽕 열매를 줍는다. "음력 시월이 다 가도록 가지에 붉게 매달려 있"는 꾸지뽕 열매는 단맛이 나는데다 따뜻한 성질이 있어 식용이나 약용으로 쓰인다. 주목할 점은 시의 주체가 꾸지뽕 열매를 손쉽게 따 먹는 것이 아니라 매일 아침 나무 밑에 가서 떨어진 열매를 줍는다는 데 있다. 강제로 취하는 것이 아니라 저절로 떨어진 것만을 취하는 방식은 자연과 인간이 어떻게 공존할 수 있는지 보여주는 예이기도 하다. 시의 주체는 "새와 벌레가 쪼아 먹고 갉아 먹고 남긴/꾸지뽕 열매 반쪽을 얻어먹으며 별미를 길게 즐"긴다. 인간의 탐욕을 앞세우기보다 새와 벌레가 먹고 남긴 것을 얻어먹는 방식을 취함으로써 시의 주체는 자연의 일부로서 자연과 더불어 살아가는 지혜를 터득한다. 이렇듯 생래적으로 얻게 된 생태적 상상력이 깃들어 있는 문태준의 시는 기후환경의 위기를 실감하면서 팬데믹 시대를 살아가는 우리가 지속 가능한 삶을 꿈꿀 수 있는 가능성을 보여준다.

문태준의 시를 읽고 있으면 우리는 개개의 고립된 존재가 아니라 서로 연결된 존재임을 어렵지 않게 알게 된다. "꽃나무와 풀꽃들의 뿌리가 땅속에서 서로 엉켜 있"는 모습을 통해 시의 주체는 "햇빛과 구름과 빗방울이 기르는 것은 뿌리의 친화력"임을 발견한다. "냉이가 봄쑥에게/라일락이 목련나무에게/꽃사과나무가 나에게" "울고 웃으며 풀지 않겠다는 듯 서로를 옮겨 감"(「뿌리」)는 모습은 우리가 서로 연결되어 살아가는 존재임을 일깨운다. 연결되어 있다는 감각은 상처 입은 존재를 보듬어 안고 다독이는 치유의 힘을 발휘하기도 한다. "오늘은 세상이 날콩처럼 비려서/세상에 나가 말을 다 잃어버"린 사내가 "돌아와 웅크려 누"워 "빛을 얇게 덮고 일찍 잠들" 때 "높고 맑은 다락집에서 기침하며" 나온 "초저녁별"이 그 사내를 품어준다. "물그릇 같은 밤과/절거덩절거덩하는 원광(圓光)"이 부드럽게 보듬어 안아주니 "사다리처럼 홀쭉하게 야윈 사내"(「초저녁별 나오시니」)는 한잠 자고 일어나면 상처를 치유하고 잃어버린 말을 다시 찾을 수 있을지도 모른다. 말을 잃어버린 사내를 감싸주는 '밤'과 '원광'의 마음은 "아무도 없는 대낮"에 "가난한 식구 밥 해 먹는" "빈 솥에"다 "가만하게" "한대접의 밥"을 "내려놓고 간" "큰어머니"(「낮달을 볼 때마다」)의 마음과 다르지 않을 것이다. '초저녁별'이나 '낮달'은 문태준 시의 주체에게 이처럼 치유의 표상이 된다. 문태준 시의 근저에 드리워진 정서와 철학에는 기본적으로 타자에 대한 연민과 돌봄의 마음이 깔려 있다. 우리가 취약한 존재임을 인정할 때 비로소 서로 연결되어 있다는 것의 의미와 돌봄의 연대가 지니는 힘을 이해할 수 있을 것이다.

누군가 옮겨놓은 큰 돌을 매일 바라보았지요 돌에는 그림자가 붙어살았지요 그림자는 얇은 헝겊 조각 같았고 또 어느 날에는 불처럼 일어서려고 했지요 그림자는 매우 느리게 자랐지만 들뜬 기색이 있었지요 그림자는 돌에 살을 대고 누워 있었지요 나는 이따금 장항아리 같은 그림자 속에 들어갔지요

그림자 속에는 잘바당잘바당 떨어진 것들이 괴어 있었지요 돌 그림자 속에는 빗방울의 춤과 풀씨와 배어든 햇살의 윤(潤)과 죽 둘러선 그 안쪽 모양새의 미(美)와 옮겨놓은 이의 마음과 지난밤 달빛이 고이고 고여서 검은 손을 맞잡고 서로서로 무언가 말을 조곤조곤히 나누고 있었지요

—「돌과 돌 그림자」 전문

누군가 돌 하나를 옮겨놓은 상황은 이상의 「이런 시」를 떠오르게 한다. 문태준의 시가 주목하는 것은 '그림자'이다. 돌에 그림자가 붙어살려면 빛이 있어야 한다. 빛이 비치는 시간과 일조량에 따라 그림자의 모습은 달라질 것이다. "얇은 헝겊 조각" 같기도 할 것이고, "또 어느 날에는 불처럼 일어서려고" 하는 것처럼 보이기도 할 것이다. 그렇게 변화하는 그림자의 형체를 보면서 시의 주체는 그림자가 살아 있

다고 느낀다. “매우 느리게 자랐지만 들뜬 기색”을 느끼기도 했을 것이다. 그림자가 가장 크고 길어질 때면 “이따금 장항아리 같은 그림자 속에 들어”가기도 했던 것 같다. 돌뿐 아니라 그림자도 살아 있다고 느끼는 주체의 눈에는 “그림자 속”에 “잘바당잘바당 떨어진 것들이 괴어 있”는 모습이 보인다. “돌 그림자 속”에는 “빗방울의 춤과 풀씨와 배어든 햇살의 윤과 죽 둘러선 그 안쪽 모양새의 미와 옮겨놓은 이의 마음과 지난밤 달빛”까지 “고이고 고여서 검은 손을 맞잡고 서로서로 무언가 말을 조곤조곤히 나누고 있”다. 이미 하나의 세계가 형성된 것이다. 생명을 지닌 것과 그렇지 않은 것이, 인간과 비인간이 서로 연결되어 있는 세계를 문태준의 시는 보여준다.

시의 제목 ‘돌과 돌 그림자’에서 ‘돌’과 ‘돌 그림자’를 연결하는 접속조사 ‘과’는 연결어미 ‘-고’와 함께 문태준의 시가 즐겨 사용하는 문법 요소이다. 접속조사 ‘와/과’와 연결어미 ‘-고’는 동등한 자격을 지닌 단어나 문장성분을 연결하는 문법 요소로서 문태준이 그리는 세계의 성격을 잘 보여준다. 문태준은 취약한 존재는 상호의존적이고 연결되어 있다는 인식을 후천적인 학습을 통해서가 아니라 선천적으로 체득하고 있는 시인이다. 들과 산을 누비며 풀과 나무와 꽃과 새와 더불어 자란 시인이 자연스럽게 체득한 세계. 학습을 통해서는 흉내 낼 수 없는 천혜의 세계. 이것이야말로 문태준 시의 최고의 미덕이라 하겠다.

> 아가를 안으면 내 앞가슴에서 방울 소리가 났다 밭에 가 자두나무 아래에 홀로 서면 한알의 잘 익은 자두가 되었다 마을로 돌아가려 언덕을 넘을 때에는 구르는 바퀴가 되었다 폭풍은 지나가며 하늘의 목소리를 들려주었다 너의 무거운 근심으로 나는 네가 되었다 어머니의 말씀을 듣는 조용한 저녁에는 나는 또 누군가의 어머니가 되었다
>
> —「그때에 나는」 전문

타자와의 관계 속에서 '나'는 자꾸 무언가가 된다. 연결되어 있고 공감하는 대상에 동화되어 '나'는 "방울 소리"가 나는 "앞가슴"이 되었다가 "한알의 잘 익은 자두가 되었다"가 "구르는 바퀴가 되었다"가 "네가 되었다"가 "누군가의 어머니"가 된다. 이렇게 우리는 서로 긴밀히 연결된 관계 속에서 살아가는 생명의 그물의 일부임을, 취약하기 때문에 서로 돌보며 살아가야 하는 존재임을 문태준의 시는 애써 주장하지 않고서 자연스럽게 보여준다. "눈 덮인 산속"에서 "고라니의 순정한 눈빛과 내 눈길이 마주쳤"을 때 "추운 한 생명이 추운 한 생명을/서로 가만히 고요한 쪽으로 놓아"(「눈길」)줄 줄 아는 공감과 연민의 마음도 그로부터 자라난 것이겠다.

3

문태준의 이번 시집에는 꽃과 새가 등장하는 시가 유난히 많은데, 이 시들은 '식물-되기'와 '새-되기'의 상상력을 통해 자연과 동화되는 모습의 절정을 보여준다. 특히 각 부의 첫 시가 1부 「꽃」, 2부 「낙화」, 3부 「꽃과 식탁」이라는 점은 예사롭지 않다. 4부의 첫 시는 「삼월」인데, 삼월이 겨울을 지나 꽃이 피기 시작하는 봄이 시작되는 달이라는 점에서 의도적인 배치라고 볼 수 있다. 꽃과 새는 자연을 노래한 서정시에서 흔히 채택되던 소재이다. 서정시의 정수를 보여주는 문태준의 시에서 꽃과 새는 자연의 일부로서만 등장하지 않고 궁극적으로 시인의 시 쓰기 의식을 보여준다는 점에서 주목할 만하다.

당신은 꽃봉오리 속으로 들어가세요
조심스레 내려가
가만히 앉으세요
그리고
숨을 쉬세요
부드러운 둘레와
밝은 둘레와
입체적 기쁨 속에서

—「꽃」 전문

마치 시 속으로 들어가는 길을 안내하는 것 같다. 시의 주체는 시 속으로 "조심스레 내려가/가만히 앉으"라고, "그리고/숨을 쉬"라고 말한다. 그것이 문태준의 시 세계 속으로 들어가는 비밀 통로임을 짐작게 한다. "부드러운 둘레와/밝은 둘레와/입체적 기쁨 속에서" 꽃을 보듯 시를 느낄 수 있음을 전하면서 시의 주체는 어떻게 스스로 꽃이 되는지 보여준다. 이 시가 시집의 첫 시임을 기억한다면 "꽃봉오리 속으로 들어가세요"라는 말을 시 속으로 들어가 가만히 앉아 숨을 쉬며 시를 느껴보라는 말로 바꿔 읽어도 무방할 것이다. 문태준의 시를 온전히 읽기 위해서라도 "꽃봉오리 속으로 들어가" 꽃과 하나가 되듯이 시 속으로 들어가 시가 만들어내는 부드럽고 밝은 둘레의 세계를 느낄 필요가 있다. 그것은 시인이 구축한 다른 시간과 공간을 사는 일이기도 하다.

물론 '꽃'의 시를 읽는 일이 늘 부드럽고 밝은 "입체적 기쁨"만으로 이루어지는 것은 아니다. 시를 읽다보면 "꽃이라는 글자가 깨어져나"가고 "내려앉는"(「낙화」) 일을 경험하게 되기도 한다. 꽃이 피면 반드시 지기 마련인 것처럼 생명을 지닌 존재가 겪는 생로병사가 시를 읽는 일에서도 일어나는 것이다. '꽃이라는 글자의 깨어짐'으로 표상된 '낙화'는 단지 꽃이 떨어지는 현상뿐만 아니라 시 읽기의 괴로움이나 실패로도 해석할 수 있는 여지를 남긴다. 그런데 끝이 영원한 끝이 아님을 「꽃과 식탁」에서 넌지시 보여준다. 시의 주체는 "내게 꽃은 생몰연도가 없"음을 고백한다. "옛 봄에서 새봄으로 이어질 뿐"이라는 것이다. 문태준의 시는 '꽃'을 피었다 지면 그만인 일개의 생명이 아니라 "옛 봄에서 새봄으로 이어"지는 영원한 생명의 상징과도 같은 것으로 인식한다. "신(神)의 영원한 눈빛으로 우리를 바라보"는 꽃의 시선이 머무는 곳은 "우리의 가난이 마주 앉은 이 저녁의 낡은 식탁 위"이다. 그런 꽃처럼 시인은 "너와 살"며 "우리의 가난이 마주 앉은 이 저녁의 낡은 식탁 위"(「꽃과 식탁」)를 늘 노래하고자 하는 것인지도 모르겠다.

문태준의 시는 가난한 생활에 닿아 있으면서도 봄을 불러오는 생명의 아름다움을 포기하지 않으려는 자리에 놓이고자 한다. 그리하여 '꽃'으로 1~3부를 시작하는 이번 시집에서 그토록 집요하게 봄을 노래하는 것인지도 모르겠다. 그런 점에서 4부의 첫 시가 「삼월」이라는 것도 의미심장하다. "청개구리처럼 뛰어오르"는 봄의 생명력을 지닌 시를 여전히 꿈꾸는 것일 테니까.

이번 시집에 등장하는 새는 '아침' '기쁨'과 같은 긍정적인 말들과 함께 놓인다. 지저귀며 아침을 여는 존재라는 점에서 "새로운 아침의 열쇠공"이자 "오늘을 높게 기뻐하는 새"(「새야」)이다. 아침을 환대하는 새의 기운을 빌려 시의 주체 또한 세상을 환대하고자 한다. 반딧불이에게 "먼 데 사는 사람이 찾아온 듯이//잘 왔구나"라고 인사를 건넬 때에도 세상의 작고 여린 존재들을 "풍요로운 빛과 영혼"(「선래(善來)」)이라 부르며 환대하는 시인의 태도를 엿볼 수 있다.

> 오래된 탱자나무가 내 앞에 있네
>
> 탱자나무에는 수많은 가시가 솟아 있네
>
> 오늘은 작은 새가 탱자나무에 앉네
>
> 푸른 가시를 피해서 앉네
>
> 뾰족하게 돋친 가시 위로 하늘이 내려앉듯이
>
> 새는 내게 암송할 수 있는 노래를 들려주네
>
> 그 노래는 가시가 어디에 있느냐고 묻는 듯하네
>
> 새는 능인(能仁)이 아닌가
>
> 새와 가시가 솟은 탱자나무는 한덩어리가 아닌가
>
> 새는 아직도 노래를 끝내지 않고 옮겨 앉네

나는 새와 한그루 탱자나무가 있는 집에 사네

—「새와 한그루 탱자나무가 있는 집」 전문

시인의 거처와 그가 꿈꾸는 시의 세계를 짐작게 하는 시이다. 시인은 "새와 한그루 탱자나무가 있는 집"에 산다. "오래된 탱자나무"에는 "수많은 가시가 솟아 있"다. 탱자나무는 가시가 많아서 예로부터 울타리로 흔히 쓰였다. '위리안치(圍籬安置)'라 해서 유배된 죄인이 거처하는 집 둘레에 탱자나무를 빙 둘러 심어 바깥출입을 못하게 하기도 했다. 그 탱자나무에 작은 새가 앉아 있다. "푸른 가시를 피해서" 옮겨 앉으며 노래하는 새를 보며 시의 주체는 새에게서 '능인'을 발견한다. 능인은 '능히 인(仁)을 행하는 사람'이라는 뜻으로, 석가모니를 달리 이르는 말이다. 석가모니에 비유될 정도로 능히 어짊을 베푸는 존재가 아니고서야 가시가 돋친 탱자나무에 앉아 노래할 수 있을까. 시의 주체는 새의 노랫소리가 마치 "가시가 어디에 있느냐고 묻는 듯하"다고 느낀다. 달관한 듯 탱자나무와 한덩어리가 된 새의 노래는 시의 주체를 일깨운다.

시의 주체가 기거하는 "새와 한그루 탱자나무가 있는 집"은 세상과 격리된 자신의 심리적 공간을 가리키는 것으로 보이기도 한다. 세상의 속도와 점점 멀어지는 시를 쓰는 시인은 어느 순간 탱자나무가 있는 집에 스스로를 유폐시켰다는 생각을 했을 수도 있겠다. '가난하고 외롭고 높고 쓸쓸

한' 것이 시인의 운명이라 생각하면서도 자신의 시가 온전히 읽히지 않는다는 생각에, 계속 좋은 시를 쓸 수 있을까 하는 두려운 마음에 쓸쓸함을 느꼈을 법도 하다. 그러므로 가시를 피해 옮겨 앉으며 노래하는 새가 더욱 예사롭지 않게 느껴졌을 것이다. 시인 또한 가시 많은 세상에서 상처투성이가 되었음에도 "가시가 솟은 탱자나무"와 한덩어리가 된 새처럼 상처투성이 마음까지 보듬고 한덩어리가 되어 "뾰족하게 돋친 가시 위로 하늘이 내려앉듯이" 멈추지 않고 노래하기를 꿈꾸는 것은 아닐까.

흰 종이에
까만 글자로 시를 적어놓고
날마다 다시
머리를 숙여 내려다본다

햇살은 이 까만 글자들을
빛의 끌로 파 갈 것이니

내일에는
설백만이 남기를

어느 때라도
시는

잠시
푸설푸설 내리던
눈 같았으면

—「설백(雪白)」 전문

자연에서 어진 마음을 배운 시인은 어떤 시를 쓰고 싶어 할까. 1부의 마지막에 놓인 시에서 그 실마리를 찾을 수 있다. "흰 종이에/까만 글자로 시를 적어놓고/날마다 다시/머리를 숙여 내려다"보는 행위는 공들임의 시간을 보여준다. "이 까만 글자들"을 햇살 아래 놓아두는 일은 시를 생명을 지닌 존재로 여기는 것과 같아 보인다. 나이가 들면 까만 머리가 흰머리가 되듯이 까만 글자로 쓰인 시도 시간이 흐르면 "설백만이 남기를" 바라는 것이겠다. 녹아 없어지는 눈처럼, 흔적조차 남기지 않고 "푸설푸설 내리던/눈"처럼 순간의 빛남으로 남기를 바라는 마음이면서 한편으로는 시에 사라짐의 시간성을, 생명을 부여하고 싶어 하는 마음이기도 하다. 자연으로부터 배운 어진 마음의 시란 이런 것이 아니겠는가.

4

문태준의 시는 줄곧 우리는 서로 연결되어 있다는 감각을 드러내왔다. 그런데 이번 시집에서는 주체의 특권을 내려놓는 감각이 새롭게 나타난다. 서정시의 정수를 보여주는 문태준의 시에서 '나'라는 주체의 감각을 지우기는 쉽지 않지만, 주체의 자리에서 내려와 '생동하는 물질'의 감각을 시로 써보고자 하는 시도가 눈에 띈다.

아침은 매일매일 생각한다
난바다에서 돌아오지 않은 어선은 없는지를
조각달이 물러가기를 충분히 기다렸는지를
시간의 기관사 일을 잠시 내려놓고 아침은 생각한다
밤새 뒤척이며 잠 못 이룬 사람의 깊은 골짜기를
삽을 메고 농로로 나서는 사람의 어둑어둑한 새벽길을
함지를 머리에 이고 시장으로 가는 행상의 어머니를
그리고 아침은 모스크 같은 햇살을 펼치며 말한다
어림도 없지요, 일으켜줘요!
밤의 적막과 그 이야기를 다 듣지 못한 것은 아닐까를 묻고
밤을 위한 기도를 너무 짧게 끝낸 것은 아닐까를 반성하지만
아침은 매일매일 말한다
세상에, 놀라워라!
광부처럼 밤의 갱도로부터 걸어나오는 아침은 다시 말한다

마음을 돌려요, 개관(開館)을 축하해요!

—「아침은 생각한다」 전문

'아침은 생각한다'라는 문장이 두번, '아침은 말한다'라는 문장이 세번 등장한다. 이 두개의 기본 문장은 부사와 목적어를 다양하게 활용하며 변주된다. 무엇보다도 주목해야 하는 것은 생각하고 말하는 행위의 주체가 '아침'이라는 점이다. 그동안 문태준이 써온 서정시를 염두에 둘 때 이러한 주체 선택은 분명 낯설고 새롭다. '나'라는 화자나 '나'를 대신할 만한 생명을 지닌 존재가 아니라 비주체라 할 만한 '아침'이 생각하고 말하는 주체로 등장했으니 말이다.

물질의 생기에 대해 감각적이고 언어적이고 상상적인 주의를 기울이라고 한 제인 베넷의 충고를 떠올리지 않더라도 우리는 아침이 가져오는 생기의 힘을 경험한 바 있다. 아침을 물질이라고 부를 수는 없겠지만, 인간도 아니고 생명을 지닌 존재도 아닌 것에 생각하고 말하는 힘을 부여했다는 점에서 문태준의 시가 인간-주체의 권력을 내려놓고 자연의 일부로 더불어 살아가는 세계에 대해 상상하고 실천하는 자리로 한발 더 내디뎠음을 조심스럽게 전망해볼 수 있을 듯하다. 아침의 생각은 "난바다에서 돌아오지 않은 어선은 없는지", "조각달이 물러가기를 충분히 기다렸는지"를 향하고 있다. 취약한 존재임을 인정하고 돌봄의 연대를 실천하는 자리에 아침의 시선이 가닿아 있는 셈이다. 그리고 “모스크 같은 햇살을 펼치며” 말한다. “어림도 없지요, 일으켜줘요!” “세상에, 놀라워라!” “마음을 돌려요, 개관을 축하해요!” 북돋고 감탄하고 축하하며 긍정의 기운을 불어넣는 아침의 생각과 말은 활기찬 생기를 부여하는 힘을 발휘한다.

아침의 생기는 봄의 생동하는 기운과도 연결된다. 문태준의 이번 시집에는 사계절이 다 등장하지만 봄을 노래하는 시들이 특히 눈에 띈다. 봄을 배경으로 한 시들이 이번 시집이 지향하는 방향을 잘 보여주기 때문이다. 봄은 생명의 생동하는 감각이 가장 잘 드러나는 계절이기도 하고, 다시 봄을 맞이하고픈 시인의 바람이 투영된 계절이기도 하다. “진달래꽃과 새알과 푸른 그네와 산울림이 들어와” 살고 “쓰러진 비탈과 골짜기와 거무죽죽한 칡넝쿨과 무덤이 다시, 다시 살아나”는 “봄산”의 생명력을 향해 시인은 “봄산은 못 견뎌라”(「봄산」) 노래한다.

꽃잎이 흩날리는 대낮에
노인이 환한 쪽을 바라본다

휠체어에 앉아
송홧가루 날리고 산비둘기 우는
앞산의
볼록한 봄까지

먼 눈길

—「감문요양원」 전문

"휠체어에 앉아" 요양원에서 생의 마지막 시간을 보내는 노인의 "먼 눈길"은 "앞산의/볼록한 봄까지" 향해 있다. 마지막 순간까지도 "환한 쪽을 바라"보는 것은 생명을 지닌 존재의 숙명 같은 안간힘인지도 모르겠다. 못 견딜 만큼 흘러넘치는 "볼록한 봄"의 생동하는 기운을 문태준의 시는 간절히 희구한다.

어린 고양이가 처음으로 담을 넘보듯이

지난해에 심은 구근(球根)에서 연한 싹이 부드러운 흙을 뚫고 올라오네

장문(長文)의 밤

한 페이지에 켜둔

작은 촛불

—「새봄」 전문

"지난해에 심은 구근에서 연한 싹이 부드러운 흙을 뚫고 올라오"는 모습이 시인의 눈을 사로잡는다. 비록 연한 싹이지만 흙을 뚫고 올라오는 힘은 실로 어마어마한 것이겠다. 그 힘을 "어린 고양이가 처음으로 담을 넘보"는 행위에 비

유함으로써 생동하는 기운에 호기심과 활력을 불어넣는다. 시인은 자신의 시가 "장문의 밤/한 페이지에 켜둔/작은 촛불"처럼 작고 여리지만 끝내는 세상을 밝히는 시가 될 수 있도록 연한 싹이 흙을 뚫고 올라오는 힘을 지니기를 갈망한다. 존재의 취약성을 받아들이고 취약한 존재들끼리 서로 의지하고 돌보는 연대의 세계를 꿈꾸고 그런 세계의 아름다움에 눈길을 주는 한 문태준의 시는 상처 입은 존재들에게 아침과 봄의 생기를 불어넣어줄 것이다.

李京洙 | 문학평론가

| 시인의 말 |

이 글을 쓰려니 나는 나를 서성인다. 바깥에 나갔더니 봄이 오기 전에 마지막일 눈이 내린다.

어두운 돌담에, 굳은 흙의 바탕에 하얀 얼굴의 눈송이가 내려앉아 있다. 눈발은 계속 겨울 밤하늘에서 서성인다. 나도 함께 한데에 있다.

그래, 깊은 계곡 같은 밤의 적막과 부서지기 쉬운, 서성이는 이 흰 울음을 잊지 말자.

2022년 2월 제주 애월읍 장전리에서

문태준